قطة
آيا صوفيا

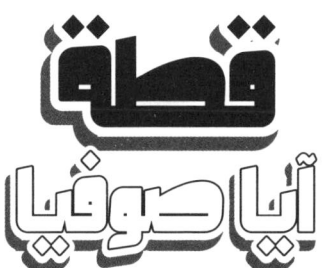

دار جامعة حمد بن خليفة للنشر
صندوق بريد 5825
الدوحة، دولة قطر

www.hbkupress.com

Ayasofya'nın Kedisi © EDAM, 2020
together with the following acknowledgment: This translation
of Ayasofya'nın Kedisi is published by Hamad Bin Khalifa University Press
via Akdem Copyrights and Translation Agency.

جميع الحقوق محفوظة.

لا يجوز استخدام أو إعادة طباعة أي جزء من هذا الكتاب بأي طريقة دون الحصول
على الموافقة الخطية من الناشر باستثناء حالة الاقتباسات المختصرة التي تتجسد
في الدراسات النقدية أو المراجعات.

الطبعة العربية الأولى عام 2022

دار جامعة حمد بن خليفة للنشر

الترقيم الدولي: 9789927161360

تمت الطباعة في الدوحة - قطر.

مكتبة قطر الوطنية بيانات الفهرسة – أثناء – النشر (فان)

قهريمان، ياسمين، مؤلف.

[Ayasofya'nın kedisi]. Arabic

قطة آيا صوفيا / تأليف ياسمين قهريمان ؛ رسوم أوغان كاندمير أوغلو ؛ ترجمة محمد عز الدين سيف. – الطبعة العربية الأولى. - الدوحة، دولة قطر : دار جامعة حمد بن خليفة للنشر، 2022.

صفحة ؛ سم

تدمك: 978-992-716-136-0

ترجمة لكتاب: Ayasofya'nın kedisi.

1. آيا صوفيا -- قصص للأطفال. 2. قصص الأطفال التركية -- المترجمات إلى العربية. أ. أوغلو، أوغان كاندمير، رسام.

ب. سيف، محمد عز الدين، مترجم. ج. العنوان.

PZ90.T8 K34125 2022

894.3534 – dc23

202228506996

قطة آيا صوفيا

تأليف: ياسمين قهريمان

رسوم: أوغان كاندمير أوغلو

ترجمة: محمد عز الدين سيف

دار جامعة حمد بن خليفة للنشر
HAMAD BIN KHALIFA UNIVERSITY PRESS

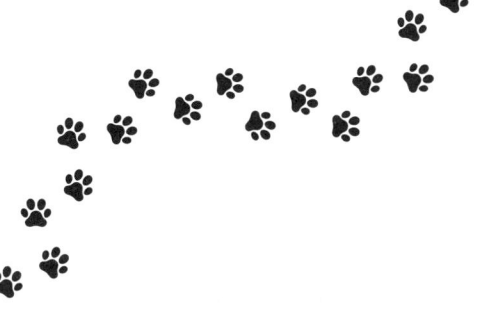

هل مرَّت بكم حادثة عجيبة وغامضة من قبل؟ وحين أخبرتم أقرب الناس عنها، قالوا إنها حلم وليست حقيقة! حسنًا، دعوني في البداية، أعرِّفكم بنفسي: اسمي علا، وعمري اثنا عشر عامًا.

أحب التجول والاكتشاف، وأحلم بأن أصير رحَّالة عندما أكبر، وأسافر حول العالم. وأظن أن لديَّ ما يلزمني لذلك: الفضول وحب البحث!

مينا وكرم وسميح ومسعود هم أفضل أصدقائي وأقرب المقربين مني، وأنا أخبرهم بكل أسراري.

قال لي أبي يومًا:

«لدى كل واحد منا لحظات لا ينساها».

علقت جملته في ذاكرتي.

وقال معلمنا اليوم:

«إنه يومكم المنتظر، سأوزِّعكم على الأندية».

كيف لي أن أعرف أن هذه الجملة ستكون بداية للحظات لن أنساها؟

صفَّق جميع مَن في الفصل تصفيقًا حارًّا، وأخذوا يصفِّرون فرحًا. كان من الواضح أنهم ينتظرون هذه اللحظة.

أخذ كل واحد منا يفكِّر في النادي الذي سيختاره، باستثناء كرم... فقد كان يحمل لقب أكسل ولد في المدرسة، وقال:

«لا داعي للاختيار! فالمعلم سيضعني في ناد من اختياره».

كرم فتى يأخذ قيلولة، حتى في وقت الاستراحة

بين الدروس، لأنه يجد أن نزول الدرج إلى الملعب أمر صعب، فماذا نتوقع منه!

مينا كانت تريد الانضمام إلى نادي التصوير، وسميح رغب في نادي الرياضة، ومسعود اختار الكشَّافة، واخترت أنا نادي السياحة والرحلات. ولكن المعلم فكَّر بطريقة أخرى، فالكبار دائمًا لديهم خطط مختلفة من أجلنا. وهكذا سمَّى لنا أنا ومينا وسميح ومسعود وكرم «نادي إسطنبول»، دون أن يتقيَّد باختياراتنا. وكان هدف هذا النادي هو التعريف بالمعالم التاريخية في إسطنبول ونشر الوعي حول هذا الموضوع.

قال المعلم لنا:

«أنتم أنسب التلاميذ لهذا النادي».

وصارت إسطنبول محور دروسنا. واخترنا رئيسًا للنادي بالإجماع. وبدأ كل شيء في ذلك اليوم.

عقدنا عدة اجتماعات، واتفقنا على أن إصدار جريدة مدرسية يعدُّ أفضل وسيلة للتعريف بإسطنبول وتاريخها. ووزعنا بيننا كتابة النصوص والتقاط الصور، أما المعلم فأخذ على عاتقه مهمة طباعة الجريدة. لكننا لم نحسم قرارنا بشأن أول معلَم تاريخي في إسطنبول سنبدأ بالتعريف به. وذات يوم، اجتمعنا بعد المدرسة. وقالت مينا:

«كلمتُ خالي مساء أمس يا أصدقاء. وطلبتُ منه أن يقترح مكانًا للكتابة عنه في العدد الأول من جريدتنا. فأجابني جوابًا لم أكن أتوقعه، وقال: «لا تقلقي، المكان سيدعوكم إليه».

Istanbul
Turkey
Istanbul
Turkey

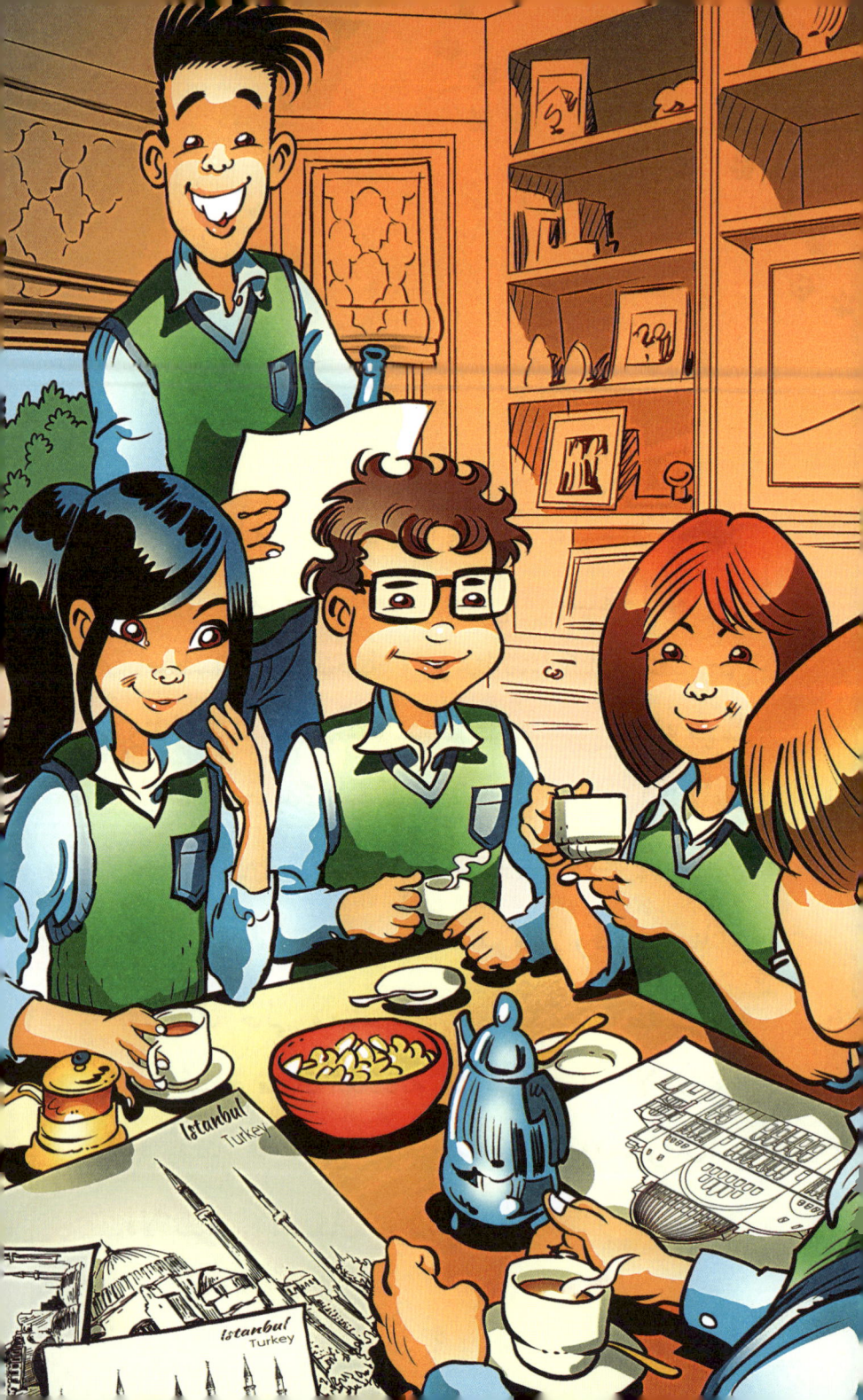

وأضاف:

«إسطنبول مدينة مليئة بالمعالم التاريخية والأماكن الجميلة... أرى أن تستعدوا للحكايات والمغامرات الممتعة التي ستصادفونها».

ومَن مِنا لا يهوى المغامرات؟ بدأت أحبُّ هذه المهمة، حتى إنني رأيت أن هذا العمل هو الأفضل لنا.

وقال سميح:

«ستدعونا إسطنبول إلى المكان إذًا! لقد أحببتُ خالكِ يا مينا».

وقال كرم:

«إنكم تفكرون كثيرًا يا أصدقاء! كل ما علينا فعله هو البحث عن كتب تتحدث عن إسطنبول. وعندها سيسهل علينا إعداد المقالات للجريدة!

وسأل مسعود محاولًا إخفاء ابتسامته:

«وهل ستكون معنا عند البحث عن الكتب؟»

لم يكن جواب كرم التالي مستغربًا:

«الفكرة فكرتي، أما العمل فقسِّموه فيما بينكم. لقد بذلت جهدًا كبيرًا حتى أجد الفكرة. وأظن أنني سأستريح حتى المساء».

لم نتوصل إلى تحديد أول منطقة تاريخية سنعرِّف بها، وبدا علينا اليأس. لكننا اتفقنا أن ننهي اجتماعنا، على أن نلتقي في بيت مينا في اليوم التالي.

وعند المساء، جلست إلى طاولة العشاء بعد يوم متعب، فانتبهت أمي إلى شرودي، ما ينبئ بأنها ستنهال عليَّ بالأسئلة، ولكنني لم أكن راغبة في الحديث عن النادي. ولحسن حظي أن أبي كان يركز انتباهه على الأخبار في التلفاز. وكان المذيع يقول:

«توافد السياح هذا العام أيضًا إلى متحف آيا صوفيا، التي تعد دار عبادة مهمة لديانتَين كبيرتَين».

كان عليَّ أن أستغل الفرصة، وأقطع على أمي مجال طرح الأسئلة، لذلك سألت أبي:

«لماذا يُعد متحف آيا صوفيا مكانًا مهمًّا لديانتَين كبيرتَين؟»

أطال أبي الشرح والتفسير في رده، فعرفت أن أسئلة أمي قد تبددت. وكي لا أعكِّر الجو الهادئ، لم أرفض تناول الكرفس الذي وضعته أمي في طبقي، بل كنت أحتاج إلى تخزين الطاقة من أجل اليوم التالي.

نمتُ مبكرًا في تلك الليلة. وعندما أيقظتني أمي صباحًا لتناول الفطور، كانت الساعة قد تخطت التاسعة. كنتُ أخطط للبقاء مع الثلاثي: السرير، والوسادة، واللحاف؛ في عطلة نهاية الأسبوع، ولكن ذلك لم يحدث للأسف. إنما بدأ يوم السبت مع الثلاثي: الفطور، وتنظيف الغرفة، ومساعدة أمي!

بعد إنهاء مهامي المنزلية، وجدت أن لديَّ الوقت لأخذ قيلولة قصيرة؛ وعندما استلقيت على سريري، بدأ كلام خال مينا يدور ويتردد في رأسي:

«لا تقلقي، فالمكان سيدعوكم إليه».

وصرت انتظر لحظة اجتماعي بالأصدقاء.

أووه! قيلولتي طال أمدها، وسبقني الوقت! لقد تأخرت. كانت الساعة 12:55 والاجتماع يبدأ بعد خمس دقائق. كنت رئيسة النادي! ويزعجني أن أسمع تعليقات أصدقائي عن التأخير.

مررت من الحديقة مسرعة كي أختصر الطريق. كان رذاذ المطر قد بدأ يتساقط، وما كنت أريد أن أصل إلى بيت مينا وأنا مبللة.

فجأة سمعت:

«مياو، مياو!»

ما هذا الصوت؟ قطة عالقة بين النباتات الشائكة! يا إلهي! على أصدقائي أن ينتظروني قليلًا.

رحت أخاطبها:

«تعالي يا قطتي!... سأنقذكِ أيتها القطة اللطيفة».

أبعدتُ النباتات الشائكة بقدمي، ورجحت أن تكون الأشواك قد سببت للقطة بعض الجُروح. وقبل أن أمسك بها، ركضتْ القطة باتجاه نفق قديم مُهمَل. بدا النفق مخيفًا، ولكنني لم أستطع تركها وهي على تلك الحالة، فأسرعت خلفها. كدتُ أمسك بها، لكنها أفلتت مني وغابت عن نظري. التفت يمنة ويسرة، لكنني أضعتها، وكان عليَّ أن ألحق باجتماع النادي.

لم أعرف أين أنا! وكنت واثقة من أنني لم أرَ من قبل ذلك الزقاق المحاط بأبنية حجرية. يا إلهي! أين أنا؟ من أين سأخرج؟ لا أحد حولي. لم أجد شيئًا مألوفًا إلا رائحة الخبز الزكية التي كانت تعبر أمام أنفي. لا بد أن فرنًا قريبًا هنا.

ماذا أرى هنا؟ إنها عربة يَجرُّها حصان؟ أين أنا!

بدأت أحدث نفسي من شدة دهشتي. مرَّت عربة الحصان بسرعة من جانبي. كان عليَّ أن ألحق بها، وأن أسأل سائقها عن السبيل للخروج من الزقاق.

وفجأة أفزعني صوت آت من الجانب الآخر:

«كلا، كلا! مكان الحجارة ليس هنا!... أسرعوا!... احذروا التضرر من قطع الرخام».

هل سبق أن ربطت المفاجأة ألسنتكم؟ وصارت الكلمات تلعب الغميضة في عقولكم؟ هذا بالضبط ما حدث لي! وعندما التفت إلى مصدر الصوت، وجدت رجلًا يقف فوق برج خشبي. كان يصدر تعليماته، ويرتدي ثوبًا يشبه العباءة الطويلة وكتفُه مكشوف. وبدا لي أن الرجال الذين ينقلون الحجارة على ظهورهم كانوا عمالًا.

كانوا يرتدون ملابس مثل زي الرجل فوق البرج، لكنها كانت أقصر. كان عليَّ أن أفهم ما الذي يحدث هنا، فقررتُ أن أسأل أحد العمَّال:

«عفوًا!»

«...».

«من فضلك!»

«...».

«امنحني ثانية من وقتك أرجوك، عندي سؤال!»

«...».

باءت محاولاتي كلها بالإخفاق. كان بعض العمال ينظرون إليَّ، وبعضهم يعبس في وجهي. بدا الأمر منطقيًّا لأن الرجل فوق البرج كان ينهال عليهم بالأوامر.

فقلتُ في نفسي: «سأذهب إلى سيدهم، وأسأله».

مررتُ وسط العمال، ووجدت صعوبة حتى وصلت إلى البرج. وكادت رأسي تصطدم بحجر.

نجحت في الوصول إلى أسفل البرج، لكن المشكلة الأساسية كانت في صعوده.

وعندما نظرت إلى أعلى البرج، تساءلت: «أليس من الأسهل أن أحاول مرة أخرى إيجادَ الإجابات على أسئلتي عند العمال؟» لكن لا جدوى، فهم منشغلون إلى أقصى الحدود.

لقد كان صعود الدرج شاقًّا، وكان عليَّ أن أستجمع قِواي كي أتسلقه. ولم يكن الفعل مثل القول، فالصعود كان ضروريًّا، كي أعرف أين أنا.

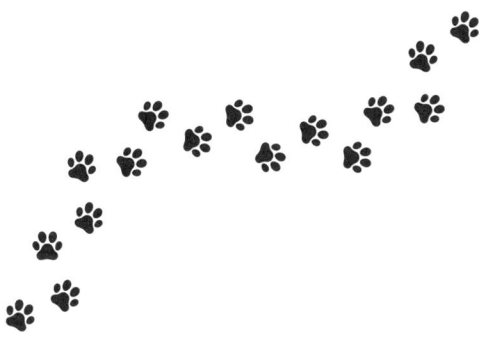

كنت أقنع نفسي بقدرتي على صعود البرج، حين رأيت رجلًا يلبس زيًّا مثل الآخرين، يتجه نحوي.

فقلت في نفسي:

«ماذا يريد مني هذا الرجل؟»

لكن تبين لي بأنه لا يقصدني. فما إن اقترب مني، وقد بدا منزعجًا من الطين الذي لوَّث ثوبه الأبيض الطويل، حتى رفع بصره نحو أعلى البرج، وصاح بصوت عال:

«إسيدوروس، إسيدوروس! الإمبراطور جستنيان يبلغك بأن صبره قد نفد. إنه دائم السؤال عن موعد

اكتمال بناء دار العبادة. وأنت تعلم أن دار العبادة مهمة جدًّا بالنسبة للإمبراطور».

أجاب الرجل من فوق البرج قائلًا:

«يا صديقي، إننا في عام 535 م، ألا ترى تلك القبة؟ لا أحد يستطيع بناء دار عبادة كهذه في خمس سنوات! ليس على إمبراطورنا جستنيان الكبير أن يقلق. إنني أشغِّل عشرة آلاف عامل في بناء أكبر وأعظم دار عبادة في القسطنطينية والعالَم».

وأضاف:

«بعد إنهاء البناء، سيدرك الإمبراطور أن دار العبادة هذه تستحق الانتظار».

هاجمتني الأسئلة:

«أين أنا؟ قسط... قسطنطينية؟ هل قال إسيدوروس؟ وجستنيان؟ هل ما أسمعه حقيقة؟ عام 535 م؟»

تمنيتُ أن يكون ما أراه وأسمعه مسرحية، ولكنني لم أرَ مشاهدين ولا ستائر. فتساءلت حائرةً:

«ماذا يعني هذا؟ هل عدت بالزمن قرونًا إلى الوراء؟ هل هذه هي إسطنبول القديمة؟ ولكن كيف وصلت إلى هنا؟»

ما فهمته حتى الآن، أنهم يبنون أعظم دار عبادة في العالم. فهل هذا هو المكان الذي تحدَّث عنه خال مينا؟ وقال إنه سيدعونا إليه؟ يا له من استدعاء حقًّا! كأنه أمسكني من ذراعي وشدَّني إليه حرفيًّا.

ولكن ما اسم دار العبادة هذه التي يعمل على بنائها عشرة آلاف عامل من دون توقف؟

فجأة، تنبهت لحصان يعدو بأقصى سرعته، ويتجه نحوي. كان العمال يفرون من طريقه. وكي أهرب من الخطر المستعجل، دخلت البرج، ووجدت نفسي أصعد الدرج المخيف.

وصلت إلى أعلى البرج مقطوعة الأنفاس. ومن فوقه، رأيت صاحب العربة يركض خلف الحصان ويصرخ:

«أمسكوا هذا الحيوان!»

كان المنظر مذهلًا من أعلى البرج. عشرة آلاف عامل! وبناء له قبة ضخمة وأعمدة شاهقة... لقد اقشعر جسمي. ولم أدرِ كم بقيتُ على هذه الحال. قلت:

«كم أود أن أدخل دار العبادة هذه!».

فسمعت صوتًا يقول:

«لا تستطيعين الدخول مع الأسف».

التفتُّ فرأيت عينين تحدِّقان بي. وسألني صاحبهما:

«مَن أنتِ يا صغيرة؟ ماذا تفعلين هنا؟»

هل كان هناك داع ليخيفني هذا الرجل بهذا القدر؟

فقلت:

«هممم، أنااااا! أنا تائهة! لا تقلق أرجوك، أريد أن أسألك عن عنوان وأذهب».

فأجاب:

«ليس لديَّ الوقت الكافي لأقلق على بنت صغيرة؟ انزلي الآن وابتعدي. هذا المكان خطر عليك...».

أراد إبعادي، ولكنني لم أتحرك خطوة. لأنني لم أستطع أن أُبعِد ناظري عن البناء الرائع.

فقال:

«لا تحدقي في البناء كثيرًا يا صغيرة! فقد تنبهر عيناك!»

يا له من مغرور!

فأجبته:

«أنت على حق، إنه مذهل حقًّا».

قررت أن أبدو لطيفة، فسألته بلباقة:

«لا بد أن اسم هذه التحفة المعمارية، سيكون عظيمًا مثلها، أليس كذلك؟»

رفع رأسه فجأة، وقال متمتمًا:

«تحفة؟ نعم، بلا شك! هذا البناء الذي صممته سيكون تحفة».

ثم التفتَ إليَّ وسألني:

«ما اسمك؟»

فأجبته بلطف:

«علا، اسمي علا».

قال:

«لم أسمع بهذا الاسم من قبل في القسطنطينية. ألستِ من هنا؟»

بماذا سأجيبه الآن؟ فهذه المدينة مدينتي حيث وُلِدتُ وكبرت، ولكن مع فارق زمني مقداره 1500 عام!

وقلت ضاحكة:

«بلى، أنا من هنا. ولكن الأهل يختارون لأطفالهم أسماء غير معتادة».

لا أدري إن كان جوابي مقنعًا.

ثم قال:

«لهذا البناء اسم بالطبع. فالاسم هو أفضل ما يصف هذه التحفة. سوف نسميها هايا صوفيا».

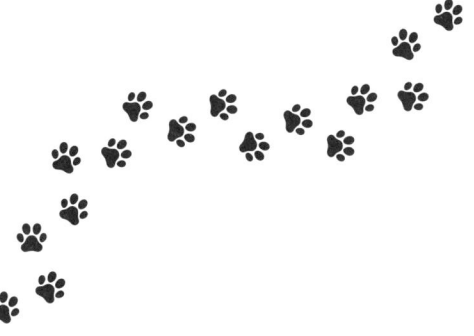

هايا صوفيا... لم يبدُ الاسم غريبًا.

هايا صوفيا... نعم إنه هو! بناء آيا صوفيا التي نعرفه بلا شك!

أمر لا يصدَّق. أنا أشاهد التاريخ في هذه اللحظة: أشاهد بناء آيا صوفيا! وأكثر من ذلك كله أنني كنتُ أقف إلى جانب المعماري الذي صممه. لم أذكر أنني كنت على هذه الدرجة من الحماس من قبل.

أنا واثقة بأنني لو أخبرت إسيدوروس بأن آلاف السياح من حول العالم لا يزالون يأتون لرؤية آيا صوفيا بعده بقرون طويلة، لما تعجب من قولي.

ولكن كيف رجعتُ إلى عام 535 م، وكيف قابلت المعماري الذي صمم آيا صوفيا. لم أفهم لماذا حدث هذا؟ يا للعجب! المنظر من البرج يبدو أكثر روعة من التحليق في الفضاء والنظر إلى الأرض عن بعد آلاف الكيلومترات! عليَّ أن أخبر أصدقائي بكل هذا.

ولكن... ماذا إذا لم أستطع أن أخبرهم؟ ولم أستطع الرجوع إلى البيت؟ وماذا لو لم أرَ أسرتي ومدرستي وأصدقائي مرة أخرى؟ وهل سيصدِّقني إسيدوروس لو أخبرته بالحقيقة وطلبت مساعدته؟ ربما سيظن أنني أسخر منه ويرميني في السجن!

وبما أن إسيدوروس كان الشخص الوحيد هنا، أقنعت نفسي بأن وجهه العابس يخفي قلبًا طيبًا، وأخذت أفكر فيما يمكن أن أقوله له:

«أنا في الواقع لست من هنا، أي لست من

القسطنطينية. لكنني منها بعد 1484 عامًا. وهذا يعني أنني إسطنبولية».

وأضفت:

«ستسألني عن إسطنبول، وسأُجيبك إن إسطنبول هو اسم القسطنطينية بعد الفتح. أي بعد أن غزاها السلطان محمد الفاتح... ولكن لا تقلق، فالسلطان لم يُولَد بعد. وأمامه 918 عامًا ليغزو القسطنطينية وفقًا لحساباتي».

هل سأخبره بهذا؟ كلا! إن أخبرته سيقهقهُ قهقهةً تهز الأرض، ثم يأمر جنده قائلًا: «ارموها في السجن».

كلا، كلا، طلب العون من إسيدوروس ليس فكرةً جيدةً.

استعدت انتباهي، حين سمعت إسيدوروس يقول:

«هل لديكِ ما تقولينه لي؟»

قلت:

«كلا، لا شيء... ليس عندي ما أخبرك به».

حينئذ، علت الضجة أسفل البرج. نظر إسيدوروس إلى الأسفل، وبدأ يصيح:

«كيف عادت هذه القطة من جديد؟ ألم أقل لكم إنني لا أريد أن أراها هنا؟ أبعدوها عن المكان بسرعة».

أليست هذه هي القطة التي كنت أبحث عنها؟ بلى، إنها هي! إذًا لم أسافر وحدي إلى الماضي.

بدت القطة كأنها تلعب لعبة المطاردة مع العمال وهم يحاولون الإمساك بها. ولم تبدُ لي مجروحة، فاستغربت الأمر. بعد ذلك صعدَتْ إلى البرج المقابل، ولحق بها العمال المساكين وكادت أنفاسهم تتقطع.

صاح إسيدوروس بصوت غاضب جهوري:

«أيها الحمقى! فشلتم في محاصرة قطة صغيرة!»

أدركتُ أنه من الأفضل أن أغادر المكان. وبدأت في النزول من البرج بحذر. وعندما وصلت إلى الأسفل، أحسستُ بحركة عند قدمي: إنها القطة! ولمَّا رأيت عاملَيْن يسرعان نحوي من بعيد، خبَّأتُ القطة تحت سترتي.

كان عليَّ أن أمر وسط جيش من العمال. ولكنني انتبهت إلى أن الأرضية زلِقة.

إنه الطين المُعَد لبناء جدران آيا صوفيا يسبب الانزلاق! وبينما كنت أسعى لإبعاد قدمي عن الطين، علقتْ يدي بحبل متدلٍّ. وما إن أفلتُّ الحبل، حتى انتبهت إلى أنه كان مربوطًا بدلو كبيرٍ مليء بالماء، عندها انقلب الدلو وانسكب ماؤه على رؤوس العمال.

اندفع الجميع نحوي؛ وفجأة، خرجت القطة من تحت سترتي وهاجمتهم، فهربوا خوفًا منها، وتعثَّروا وهم يتدافعون، وأسقطوا الجدار الجديد الذي لم يجف طينه بعد!

اختبأتُ خلف جدار حجري. وبعد وقت غير قليل، جلس عاملان قرب الجدار يستريحان. وفهمتُ من حديثهما أنني في ورطة كبيرة، لأن الطين الذي دست عليه لم يكن طينًا عاديًّا، ويحتاج وقتًا طويلًا لإعداده، وإسمنته صُنع من مادة تحتوي على الكالسيوم ويُصلِح نفسه بنفسه. أما اللَّبِنات والرخام فقد جُلِبَت بأمر من إسيدوروس من أنحاء العالَم.

رأيت أنه من الأفضل أن أهرب فورًا وأن أجد النفق. فتسلَّلت بعد أن تفرق العمال الغاضبون. ومشيت بسرعة وأنا أحاول أن أتذكر الاتجاه الذي أتيت منه. لم أنتبه من قبل أن نوافذ الأبنية ليس لها زجاج.

فقلت في نفسي: «عجيب! كيف يتدفأ هؤلاء الناس في الشتاء؟»

كان شكلها من الأعلى بيضاويًّا، ولها مصراعان خشبيان ينفتحان من الجانبين.

سمعت قرقرة معدتي، لكنني تجاهلت صوتها، فإيجاد النفق له الأولوية.

كنتُ جائعة جوعًا شديدًا حتى إنني تمنيت أن آكل الكرفس. لو سمعت أمي هذا، لفرحت كثيرًا! ثم شممت رائحة مألوفة، وشدتني الرائحة بضع خطوات نحو الزقاق الذي فيه الفرن.

فاقت سعادتي مشاعر الفرح التي تجتاحني عند بدء عطلة الصيف، لأنني صرت في مكان قريب من النفق. اشتد حماسي، وأملت بأن تكون عودتي إلى البيت قريبة. أردت أن أحمل معي بعضًا من خبز القسطنطينية! لكنني تراجعت بعد أن أدركتُ أن المال الذي في جيبي لن ينفع في عام 535 م.

سرت إلى آخر طريق الفرن الضيق المرصوف بالحجارة، لكنه لم يؤدِّ بي إلى النفق. لم أفهم كيف حدث هذا، أين النفق الذي كان هنا قبل بضع ساعات؟ كأن الأرض انشقت وابتلعته. لقد أتيت إلى هنا عبره، ولا أدري كيف سأعود إلى بيتي من طريق آخر.

فجأة سمعت صوتًا يصرخ من خلفي:

«اخرجي من فرني أيتها القطة الجشعة!»

لم أكن الجائعة الوحيدة هنا على ما يبدو. دخل الفرَّان إلى فرنه وهو يتمتم. ومشت القطة بخطوات واثقة، وكأنها لم تُطرد قبل قليل.

آه، صحيح، تذكرت أن القطط لديها إحساس غير عادي بالاتجاهات. قرأت عن هذا في كتاب ما. ولعل القطة تعرف مكان النفق. قررتُ أن أتبعها، وأدركتُ أنني إذا اقتربت منها كثيرًا فقد تهرب، وما كنت أريد أن أفقدها مرة أخرى. لذلك بدأت أتبعها وحافظت على مسافة بيننا.

بعد لحظات، بدأت السماء تمطر برفق، ثم هطل المطر بغزارة. صارت الطرق المرصوفة بالحجارة زلِقة بعد المطر، ولم يكن حذائي الرياضي مناسبًا لطرق القرون الماضية. وللأسف، أضعت القطة من جديد. أخذت أركض ناسيةً خطر الانزلاق. ولم أنتبه لوجود حفرة أمامي، فوقعت فيها!

من حسن حظي أنني وقفت على قدمي دون أن أصاب بجرح أو كسر. وفجأة، توقف المطر وسطعت الشمس. لكن الحفرة كانت أطول مني، ولم أدرِ كيف سأخرج منها. وكأن قدومي إلى عام 535 م لا يكفي، حتى أقع في حفرة كبيرة. كيف سأنجو منها؟ وإن خرجت منها، فكيف سأعود إلى زماننا؟

كنت يائسة، ولم أستطع إلا الصياح بأعلى صوتي طلبًا للعون:

«النجدة! ألا يوجد أحد هنا؟ أخرجوني من هنا!»

ناديت وصرخت لدقائق، حتى استنفدت طاقتي في الصراخ بشكل أكثر. قررت أن أستريح قليلًا وأن أنتظر بهدوء. وأدركت أنه لا حل لديَّ إلا الدعاء بأن ينقذني أحد.

لم أدرِ كم بقيت في الحفرة. ثم أدركتُ أن دعائي قد استُجيبَ، إذ سمعت أحدهم يقول:

«تعالوا، تعالوا، إنها هنا!»

رفعت رأسي، فرأيت ثلاثة أشخاص ينظرون إليَّ. وقال أحدهم متعاطفًا:

«يا إلهي! كيف وقعتِ في الحفرة؟»

وقال آخر:

«لا تقلقي، سنخرجك من هنا. انتظري قليلًا!»

ثم ابتعدوا، وعادوا بعد قليل مع سُلَّم خشبي وأنقذوني. فسألني أكبرهم سِنًّا:

«هل أنتِ بخير يا ابنتي؟ هل تتألمين؟»

فقلت مندهشةً:

«أظن أنني بخير، كنت أركض خلف قطتي، فانزلقت قدمي، وسقطت في الحفرة».

ما أدهشني أن الرجال الثلاثة لم يرتدوا ثياب أهل القسطنطينية. بل كانوا يلبسون سراويل واسعة جدًّا وتضيق من أسفل الركبة، وقمصانًا بيضاء، ونِعالًا في أقدامهم، وطرابيش مغطاة بقماش. وكانوا يلفون حزامًا حول الخصر كي لا يسقط السروال. في الواقع أنني لم أستغرب زيهم كثيرًا.

سألني أحدهم:

«ماذا تفعلين يا ابنتي في مشروع بناء المنارتين هنا؟»

أجبت متعجبة:

«بناء المنارتين؟»

قال:

«نعم، وقد يقع شيء على رأسك من إحدى المنارتين».

نظرتُ إلى حيث أشار بيده، وقلت:

«أليست هذه آيا صوفيا؟ كلا! بل هذا مسجد! لكنه يشبه آيا صوفيا كثيرًا. لولا المنارتان واللهِ لقلت إنها آيا صوفيا. ألسنا في القسطنطينية! فلماذا هذا المسجد هنا؟»

قال الرجل الأكبر بينهم:

«لنأخذ الصغيرة إلى الطبيب؟ إنها تذكر القسطنطينية».

ثم قال آخر بتعجب:

«نعم، إنه مسجد آيا صوفيا».

قلت:

«مسجد؟ لكن آيا صوفيا ليست مسجدًا.. أقصد لم يحن الوقت بعد. ستكون مسجدًا بعد فتح السلطان محمد الفاتح».

أجاب الأكبر سنًّا:

«يا للأسف! الصغيرة فقدت صوابها!»

فقلت:

«نعم، لم تصبح مسجدًا إلا بعد مئات السنين!»

وبينما كانوا يتأسفون عليَّ، قال العم العجوز:

«لقد أمرَ سلطانُنا رئيسَ المعماريين ببناء منارتَين لآيا صوفيا. هل يجهل أحد هذا الأمر؟»

قلت: «سلطان؟... أيُّ سلطان!»

فازدادت حيرتهم، وتابع العجوز:

«سلطاننا مراد الثالث. وهل هناك سلطان غيره؟»

كنت واثقة من أن رأسي لم يصطدم بشيء حين وقعت في الحفرة. فهل ما أنا فيه الآن حلم؟ أو أنني سقطتُ في الإمبراطورية العثمانية وليس في حفرة؟ يبدو أن هذا هو ما حدث لي بناءً على كلام الرجال الذين أنقذوني.

قلت لنفسي:

«آيا صوفيا صارت مسجدًا منذ وقت طويل. وإذا كانت المنارتان تُبنيَان الآن، فهذا يعني أنني أمام

آيا صوفيا في زمن آخر. لا أدري ماذا سأرى بعد وأنا في هذا العمر. فالسلطان إذًا هو السلطان مراد الثالث! يا إلهي! أظن أنني في رحلة بين الإمبراطوريات، ولعل محطتي التالية ستكون في زمننا الحاضر».

ولكن كيف سيحدث ذلك؟ لم أستطع أن أنطق بكلمة، وشعرت بالقلق لأنني في عصر الإمبراطورية العثمانية، وصار احتمال عدم رجوعي إلى البيت يؤلم معدتي.

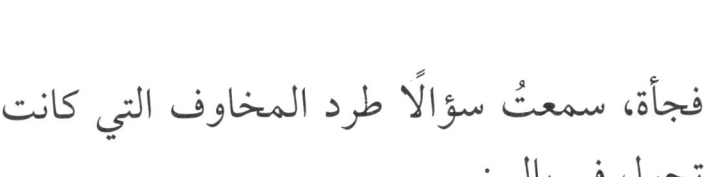

فجأة، سمعتُ سؤالًا طرد المخاوف التي كانت تجول في بالي:

«أين بيتك يا صغيرة؟ أخبرينا كي نأخذك إليه على الفور».

فكرت بهدوء بعد سماعي هذا السؤال. إذ لم يكن من المنطقي أن أخبرهم أن بيتي يبعد عنهم مئات السنين. ووجدت أنه من الأفضل أن أسألهم إنْ كانوا قد رأوا قطةً هنا.

حينئذٍ، جاء أحدهم راكضًا وقال:

«رئيس المعماريين يطلبك يا صالح أفندي! هناك قطة صعدت إلى شرفة إحدى المنارتين».

سألته:

«هل قلت قطة؟»

فأجاب:

«نعم، قطة! لا ندري كيف صعدت إلى أعلى المنارة».

إن القطة الوحيدة التي يمكن أن تصعد إلى الأعالي، ليست سوى القطة التي أعرفها.

فقلتُ للعم وكان اسمه صالحًا:

«قد تكون هي القطة التي أبحث عنها».

أجاب:

«إذًا تعالي معنا».

كان العمال يشيرون إلى أعلى المنارة. وبالفعل، رأيت قطتي جالسة باسترخاء على شرفة المنارة التي يبنونها. كانت تبدو سعيدة. لكن اتضح لي من كلام العمال واضطرابهم، أن رئيس المعماريين غاضب من صعود القطة إلى المنارة.

سألت العمَّ صالحًا:

«هل هو رئيس كل العمال؟»

فقال ضاحكًا:

«نعم، هذا صحيح. المعماري سنان رئيس المعماريين وأستاذهم. هل تظنين أن السلطان كلَّفه ببناء المنارتين عبثًا؟ المعماري سنان داهية عصره!»

سألت متعجبة:

«هل تقصد أن رئيس المعماريين هو المعماري سنان؟»

فأجاب:

«نعم، ولمَ العجب؟»

لقد أذهلتني المفاجأة! فإنه لن يعلم مدى روعة أن أرى المعماري سنان الذي عرفته عبر التلفاز والكتب والأفلام الوثائقية. فقلتُ في حيرة:

«أتعجَّبُ لأنني سأراه عن قرب للمرة الأولى».

فقال العم صالح مبتسمًا:

«إنك من الصغار المحظوظين».

لا أشك في ذلك، فكم صغيرًا استطاع أن يعود بالزمن ليرى المعماري سنان وجهًا لوجه؟ ليس هذا فقط، فمنذ ساعات رأيت آيا صوفيا في

أول بناء لها. وهي الآن تختلف عما كانت عليه عام 535 م. من الواضح أن إسيدوروس قد عمل بجد بعد أن تركته. وها أنا أرى آيا صوفيا مسجدًا أمامي. كنتُ أظن أن مثل هذه الأمور لا تحدث إلا في الكتب والأفلام.

بدا العم صالح كأنه يقرأ أفكاري، إذ قال:

«أليست رائعة؟ هل تعلمين أن آيا صوفيا قد بُنيَت قبل مئات السنين؟»

ثم راح ينقر بإصبعه على جبهته، وسأل:

«ما اسم المعماري آنذاك؟»

أجبت بسرعة:

«إسيدوروس».

سألني:

«كيف علمتِ اسمه؟»

كان من الصعب أن أجيب عن سؤاله بدقة. فتهربتُ قائلة:

«لا يسمونني علا الذكية عبثًا!»

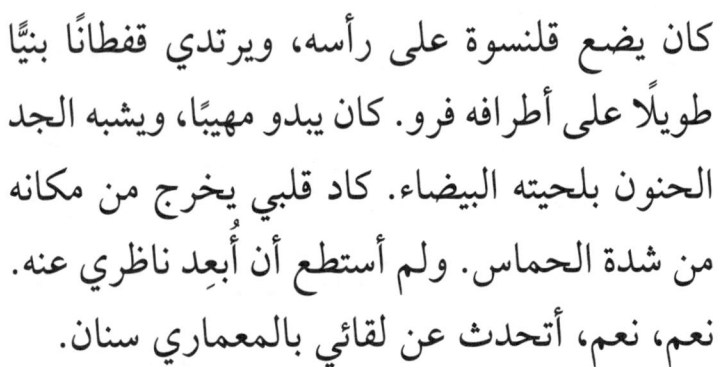

كان يضع قلنسوة على رأسه، ويرتدي قفطانًا بنيًّا طويلًا على أطرافه فرو. كان يبدو مهيبًا، ويشبه الجد الحنون بلحيته البيضاء. كاد قلبي يخرج من مكانه من شدة الحماس. ولم أستطع أن أُبعِد ناظري عنه. نعم، نعم، أتحدث عن لقائي بالمعماري سنان.

كان يروح ويجيء ويداه خلف ظهره، ويقول للعمال:

«كيف لم ترَوا هذه القطة وهي تصعد إلى أعلى المنارة؟ ماذا لو أصابها مكروه؟ يا للمسكينة!»

حينئذٍ، تردد العم صالح في تقديمي إلى المعماري الفذ. لكنه استجمع قواه وقال:

«لقد أرسلتَ في طلبي يا سيدي».

وعندما رآني المعماري سنان إلى جانب العم صالح قال:

«هل أحضرتَ معك فتاة صغيرة إلى مثل هذا المكان!»

أجاب العم صالح دون أن يرفع نظره:

«يا سيدي، إن القطة التي صعدت إلى المنارة، هي نفسها القطة التي أضاعتها هذه الصغيرة».

همهم المعماري سنان، وقال:

«حسنًا!»

ثم التفت إليَّ وسألني عن اسمي، فقلت:

«اسمي علا يا سيدي».

فعلَّق:

«علا؟ لم أسمع بهذا الاسم من قبل».

قلت له:

«أنت على حق، فالجميع يجدون اسمي غريبًا».

هزَّ المعماري سنان رأسه، وقال:

«أخبريني يا علا، هل هذه القطة قطتك؟»

فأجبته:

«نعم... نحن صديقتان نوعًا ما».

عندها قال:

«صديقتان يا علا، لا نريد الاقتراب منها كي لا نخيفها فتقع. ويبدو أنها لا ترغب في النزول عن الشرفة. ولعلها تنزل إذا رأتك. ربما كانت تبحث عنك، فوصلت إلى هنا».

كان مخطئًا بهذا الشأن، فقلت:

«في الواقع أنها هي صاحبة القرار دائمًا، وأنا أتبعها».

وكنتُ جادةً حين قلت ذلك. لكن المعماري سنان ظنَّ أنني أمزح، فضحك وقال:

«سيرافقك صالح أفندي إلى شرفة المنارة. المكان مظلم قليلًا في الداخل، ولكن لا تخافي فالدرج متين للغاية».

لم يكن لديَّ أي شك في هذا الشأن، وكانت المنارتان الجديدتان مختلفتَين عن القديمتَين. لم أدخل منارةً من قبل، وكنت متحمسةً كثيرًا. خفتُ قليلًا وأنا أصعد الدرج الملتف الذي يصل إلى الشرفة. ولكن كان العم صالح يشجِّعني قائلًا:

«أنتِ أول مَن يصعد إلى المنارة باستثناء العمال».

عندما رأيت المشهد من شرفة المنارة، فهمتُ لماذا لا تريد القطة أن تنزل. كانت إسطنبول كلها تحت ناظري، كان منظرها خلَّابًا. كانت البيوت في أغلبها من خشب. وكنتُ في إسطنبول القديمة... القديمة جدًّا.

وما حصل لم أكن أتوقعه، فعندما رأتني القطة لم تتحرك من مكانها.

توجهت إليها بكل الكلمات اللطيفة والودودة.

طال الأمر قليلًا، ولم أستطع أن أقنعها بالنزول.

كانت تنظر إليَّ وكأنها تقول:

«أنتِ من جديد؟»

ليتني لم أستعجل وأخبرهم بأننا صديقتان.

كان العم صالح يحوِّل نظره بيني وبين القطة، ثم قال:

«دعيني أجرِّب».

ومدَّ ذراعيه نحوها وقال:

«أيتها القطة الشجاعة! يكفي تعرضك للخطر اليوم. الجميع قلق عليكِ. تعالي إلى عمك صالح، لننزل معًا».

نظرت القطة إلى الأسفل وكأنها فهمت كلام العم صالح، ثم رمت بنفسها بين يديه. حضن العم صالح القطةَ، ومسحَ على رأسي كأنه يواسيني.

فقلت:

«لا بأس، المهم النتيجة».

فرح الجميع بنا، واقترب المعماري سنان نحوي، وقال لي:

«نشكركِ يا علا الصغيرة، لقد ساعدتِنا كثيرًا».

أردت أن أقول له:

«الفضل في ذلك للعم صالح...»،

لكن العم صالح غمزني، وكانت القطة ما تزال بين ذراعيه. فقد خجلتُ من شكرٍ لا أستحقه.

ثم قال المعماري سنان:

«عليك أن تغادري أنت وقطتك يا سيدتي الصغيرة، فلن أسمح لأحد بالعمل وأنتما هنا».

كان حريصًا على سلامتنا. فقلت:

«لقد أعقنا عملكم. أرجو أن تسامحوني».

عندما مددت ذراعي لأحمل القطة، نزلت بهدوء من حضن العم صالح، ثم أخذت تركض من

دون أن تلتفت خلفها. هل كان عليها أن تُظهِر عدم حبها لي بهذه الطريقة؟

ضحك المعماري سنان، ووضع يده على كتفي، وقال وهو يبتسم ابتسامة المازح:

«أتمنى أن تَحلا القضية بينكما في أقرب وقت إن شاء الله».

وقال العم صالح مبتسمًا:

«إذا لم تسرعي في إثر القطة، ستفقدينها مرة أخرى».

ما كنت أريد أن أضيِّعها أبدًا هذه المرة. وإذا كان من أمر قد تعلَّمته إلى الآن، فهو أن القطة هي الوحيدة القادرة على إعادتي إلى البيت. اضطُرِرت للركض خلفها، وأنا ألوِّح بيدي للعم صالح، فلم أتمكن من شكره كما يجب.

كنت أتبع القطة بخطوات سريعة، وبدأ المطر يهطل. كانت السماء تمطر بغزارة فما استطعت أن أرى أمامي بوضوح. ابتلَّت ثيابي في دقائق، وصرت أبحث عن مأوى حولي. رأيت القطة تدخل في مكان يشبه المغارة. وعندما اقتربتُ أدركتُ أن المكان الذي دخلته عبارة عن جوف شجرة كبيرة.

كانت شجرة ضخمة وبدت كأن عمرها من عمر الأرض. دخلتُ جوف الشجرة وراء القطة، ولكنني لم أجدها في الداخل. وكان الأعجب من ذلك وجود مخرج في جوف الشجرة أيضًا.

وحين خرجت، لم أصدِّق ما رأيت. وجدت نفسي في الحديقة التي بدأ منها كل شيء.

كنتُ أرغب في العودة إلى البيت، كي أحضن أبي وأمي. ومن شدة فرحي، رحتُ أحتضن الأشجار وأشم الأزهار في الحديقة. كان منظري عجيبًا بعض الشيء، ولكنني لم أهتم بذلك.

تذكرتُ فجأة اجتماعنا، ونظرت إلى الساعة التي نسيت أنها في يدي. كان الأمر عجيبًا! كانت الساعة ما تزال 12:55، ما يعني أن أصدقائي في انتظاري. ولكن كيف حدث ذلك؟ كأن الزمن توقف حين عدت إلى الماضي، واستعاد حركته حين رجعت! وعندما فكَّرت فيما عشته، بدا لي كأنه فيلم خيال علمي.

أظن أنني لم أذهب في هذه الرحلة عبثًا. بل كانت رحلتي إشارةً لأمر ما. فقد وجدت المعْلَم التاريخي الأول الذي سنكتب عنه: آيا صوفيا.

ستكون أول صفحة من جريدتنا عن متحف آيا صوفيا. كان عليَّ أن أخبر أصدقائي بكل ما حدث.

وبالفعل، أخبرتُهم عن الأحداث التي عشتها بتفصيل دقيق. وكانوا يحدِّقون بي متعجبين، ولم أستطع أن ألومهم. أعطتني مينا كأسًا من الماء البارد ظنًا منها أن ذلك سيكون مفيدًا لي. وقالت:

«ماذا تعنين؟ هل تريدين إخبارنا بأنك عبرت نفقًا في الحديقة، وذهبت في رحلة إلى الماضي، تمامًا مثل الأفلام؟»

كانوا يعلمون أنني لا أخدعهم. ولكن مشكلتي أن حكايتي لا تُصدَّق!

وقلت لهم:

«لا أعلم كيف سأثبتُ لكم ذلك، ولكنني رجعت مئات السنين إلى الوراء».

كانوا ينظرون إليَّ بدهشة، ويكررون ما أقوله لهم بصيغة السؤال.

وقال مسعود:

«تعنين أنك عدتِ أولًا إلى عام 535 م، ورأيتِ أعمال بناء آيا صوفيا، ثم انتقلتِ إلى عام 1575 م وشاهدتِ البنائين يشيِّدون المنارتَين».

أنا نفسي لم أكن لأصدق الكلام، حين سمعته على لسان مسعود!

وتابع:

«وتبادلتِ الحديث مع المعماري إسيدوروس مُصمِّم آيا صوفيا، ومع المعماري سنان الذي بنى المنارتَين».

وسألني أخيرًا:

«هل رجعتِ من دون أن تلتقي بالإمبراطور جستنيان، والسلطان محمد الفاتح؟»

قلت:

«كلا، لم أقابلهما».

كنت أعلم أن هذا الأمر لم يكن سهلًا، فقلت لهم:

«حسنًا يا أصدقاء، لم أذهب إلى هناك في إجازة. لقد قادتني الطرق إلى آيا صوفيا بطريقة عجيبة. أرى أن ما حدث معي كان إشارة وإنْ كانت لا تُصدق... والصفحة الأولى من الجريدة يجب أن تكون عن آيا صوفيا.

قالت مينا:

«أنت ترين أن المكان قد دعانا، ولا بد أن نستجيب لدعوته، مثلما قال خالي تمامًا».

وأضافت:

«لقد صنعت علا لنا معروفًا كبيرًا يا أصدقاء، وحلَّت اللغز وحدها. مبارك لكم العدد الأول من جريدتنا».

لم أرغب في إخبار كرم بأننا ما زلنا في بداية الطريق، كي لا أفسد متعته. ثم جاءت الخالة أسماء ووضعت الكعك اللذيذ أمامنا على الطاولة، فهجمنا على الطبق بنية التهام ما فيه. وظل سميح ومسعود يتحدثان عن موضوعي، وسمعتهما يقولان:

«لقد صادقَت قطةً هناك».

«نعم، قطة كانت تهرب منها دائمًا».

أخبرْنا المعلمَ بأننا اخترنا آيا صوفيا. وكان علينا أولًا أن نتعرف على المكان، فطلبنا الإذن من المدرسة كي نزور آيا صوفيا. ورافقنا المعلم في رحلتنا.

كنا متحمِّسين لإجراء أول بحث صحفي لنا، لكن حماستي كانت مختلفة. فقد كان رائعًا أن أرى آيا صوفيا بعد مئات السنين، وإن كان هذا الكلام يبدو غريبًا على الآذان.

مررنا من ميدان السلطان أحمد الضخم، وكان من أقدم الميادين في العالم. وكان في الماضي ميدانًا لسباق الخيل. وأعني بكلمة «الماضي» عهد الإمبراطورية الرومانية.

ها هي آيا صوفيا... مقابل مسجد السلطان أحمد... وكأن أحدهما يسلِّم على الآخر. إنهما بناءان عظيمان. حدَّقت مليًّا ببناء آيا صوفيا من الخارج. ولم نكن ندري ما الذي ينتظرنا داخلها؟

عبَّرتْ مينا عن ذهولها، فور دخولنا:

«هذا المكان ساحر حقًّا!»

ثم دلَّنا المعلم على باب الإمبراطور الضخم البالغ طوله 7 أمتار، وقال:

«كان الباب مخصَّصًا لدخول الإمبراطور وأفراد أسرته فقط».

فقالت مينا في حيرة:

«هل كان الناس طوالًا في الماضي؟»

ردَّ مسعود مازحًا:

«ليس الناس، بل أنف الإمبراطور!»

ضحك المعلم، وقال:

«يبدو أنكم في أحسن مزاج».

حبسنا أنفاسنا ونحن ندخل من باب الإمبراطور، وكأننا في حُلم.

وسأل سميح:

«كيف بنى الإنسان هذا المكان؟»

كانت القبة في الأعلى مثل الشمس. وقال المعلم:

«يبلغ ارتفاع القبة 55.6 مترًا».

وقال كرم:

«إنها الرابعة بين أكبر قباب العالَم. وآيا صوفيا أول دار عبادة يُبنَى في خمس سنوات، وهي أقصرها في مدة البناء».

كنت أظن أن إسيدوروس قال ذلك غرورًا منه، وقد كان صادقًا حين قال: «قد تنبهر عيناكِ». فقد بهرني منظر الفسيفساء في القبة حقًّا!

علي رضي الله عنه

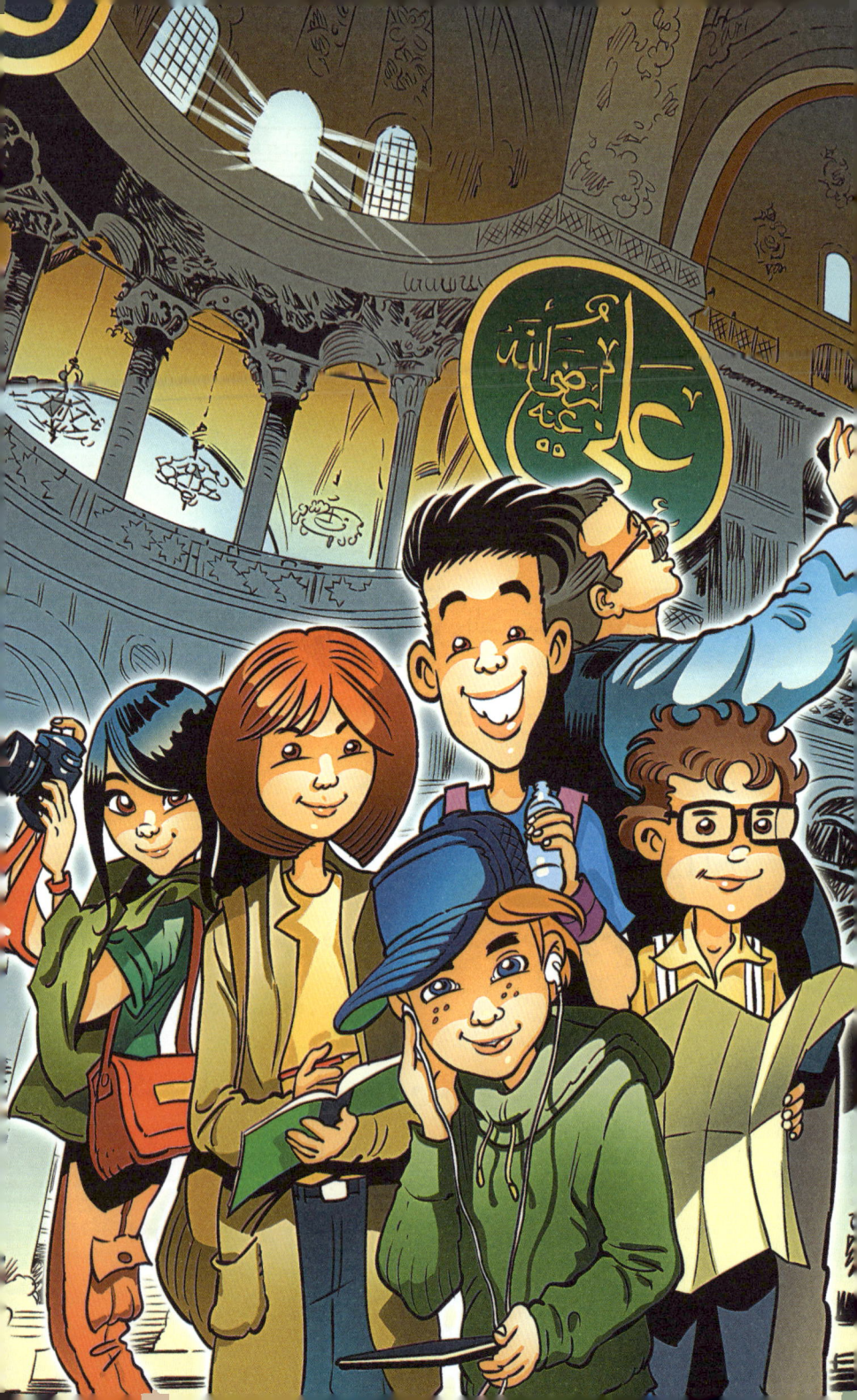

علَّق كرم قائلًا:

«لقد أتقن إسيدوروس عمله».

وهل كلمة «أتقن» كافية أمام هذا الأثر العظيم؟ إسيدوروس جعل العالَم كله ينحني له احترامًا.

وأضاف المعلم:

«لقد استُعمِل طين خاص لبناء آيا صوفيا. فالبنية البلوريَّة للطين تمتص الطاقة الناتجة عن الزلازل. وهذا هو سر بقاء هذا البناء صامدًا على مدى قرون».

قال مسعود:

«كان إسيدوروس داهية عصره».

أضعنا مينا للحظات، ثم وجدناها عند عمود الأُمنيات، إذ وضعت إبهامها في ثقب موجود في جزئه النحاسي!

وحينئذ قال المعلم:

«آيا صوفيا تحتوي على 107 أعمدة، أحضروها

من مناطق مختلفة من الإمبراطورية. ولا أحد يعلم كيف نقلوها!»

نظر الجميع نحوي، فقلت:

«عندما وصلت إلى هناك، كانت الأعمدة في مكانها».

وكان للأكواب الرخامية أثرها البالغ في نفسي. كانوا يوزعون الشراب في تلك الأكواب في الأعياد الدينية وصلاة العيد. كانت عادة جميلة، وكان الناس سعداء محظوظين في العصر العثماني.

وقف المعلم وقتًا طويلًا أمام مكتبة السلطان محمود الأول، فقد أعجبته كثيرًا. وكيف لا تعجبه؟ فلو أن إسيدوروس رأى المكتبة المحاطة بشبكة برونزية مذهَّبة، لوقف حائرًا أمامها. لقد بنى السلطان محمود الأول هذه المكتبة وتبرع لها بكتبه. وكانت في الماضي تحوي 4000 كتاب.

كانت آيا صوفيا مليئة بالأساطير وعابقة بالتاريخ العثماني والبيزنطي... ويحتاج الزوار إلى أيام كي يتجولوا في أرجائها. ولا تظنوا أن آيا صوفيا أثر كغيره من الآثار، فعندما فتح السلطان محمد الفاتح إسطنبول، كانت أول مكان أراد أن يراه...

فجأة، سمعنا صوتًا، كان مثل الصوت الذي يصدره الناس إذا أرادوا أن يلاعبوا رضيعًا... وعندما اقتربت، لم أصدِّق ما رأيت. كانت وسط الحشد! جالسة في وسط الدائرة الرخامية الكبيرة التي كان الأباطرة يتوَّجون عليها.

إنها هي نفسها؛ قطتي المشهورة! بدت كأنها تقول: «أنا سيدة هذا المكان».

قال كرم ضاحكًا:

«أظنها جاءت لتراكِ مرة أخرى».

وعندما التقطت مينا صورةً لها، انزعجت من وميض آلة التصوير، وهربت من مكانها.

أبديت انزعاجي، فقالت مينا:

«كنتُ أؤدي عملي».

ولكم أن تتخيلوا ما الذي حدث؟ فعندما هربت القطة، قفزت فوق رضيع لأحد السُّيَّاح. فخاف الرضيع وبدأ يصيح ويبكي، فاضطربت أمه وأوقعت طعامه على الأرض. وداس سائح آخر كان يلتقط صورة لنفسه على طعام الرضيع، فتزحلق ووقع. أما هاتف السائح فقد طار في الهواء وسقط على الشمعدان الذي كان قرب المحراب، فأوقع الشمعدان.

كان الدليل السياحي يقول للسيَّاح في تلك اللحظة:

«ها هي الشمعدانات التي أحضرها الصدر الأعظم إبراهيم باشا في أثناء حرب السلطان سليمان القانوني في المجر، تقف هنا ثابتة منذ قرون...».

عندما رأى الرضيع الفوضى العجيبة التي تدور حوله، سكت فجأة وارتاحت أمه. أما السائح فقد وقف بصعوبة عن الأرض الزلِقة، وأسرع أصدقاؤه لمساعدته. وأعاد الموظَّفون الشمعدان بحذر إلى مكانه. ثم عاد السُّيَّاح للتجول في آيا صوفيا بعد هذا الفاصل القصير.

نظر المعلم إلى القطة وأخبرنا أنها تسكن في آيا صوفيا. أي أنها لم تكن تترك آيا صوفيا منذ سنوات، وكانت مثل حارس لها.

ثم قالت مينا:

«صار لديَّ صور رائعة لجريدة المدرسة».

كانت لدينا أعمال كثيرة علينا أن نؤديها. كنا مُنهَكِين، ولكن مع نهاية اليوم صار باستطاعتنا أن نصدر جريدة عن إسطنبول مليئة بمعلومات عن آيا صوفيا وأساطيرها.

وكنت قد بدأت أتحمس للمكان التالي الذي سنُدعَى إليه.

HABER

18 Mayıs 2019 Cuma   GAZETE   1 TL.